FLEURS

EXOTIQUES

PARIS

IMPRIMERIE POLYGLOTTE L. HUGONIS ET Cie

6, Rue Martel, 6

—

1880

FLEURS EXOTIQUES

FLEURS

EXOTIQUES

PARIS

IMPRIMERIE POLYGLOTTE L. HUGONIS ET Cie

6, Rue Martel, 6

1880

LE DÉPART

Voici l'hiver ! Déjà de sa sombre feuillée
La forêt, lentement par le vent dépouillée,
Montre de ses rameaux l'inextricable amas,
Ployant leurs membres nus sous l'effort des frimas
Les fétides brouillards, s'élevant des prairies,
Couvrent d'un froid linceul les plaines assombries
D'un soleil impuissant les obliques rayons
Versent un jour douteux aux pâles horizons.
Dans la campagne nue aucun bruit ne résonne
La cigale a cessé sa chanson monotone;
L'oiseau frileux, blotti sous les épais buissons,
A des temps plus heureux ajourne ses chansons.
Et moi, d'un mal profond je ressens les atteintes ;
De l'air humide et froid les perfides étreintes
Transforment sourdement, par un fatal effort,
Un principe de vie en principe de mort.
Avec effroi je sens dans ma frêle poitrine
L'implacable ennemi qui lentement la mine.
Il faut fuir!... Mais pourquoi ces regrets, ces soupirs
Qui soulèvent mon cœur comme des repentirs !
Pourquoi ce sombre ennui, cette morne tristesse,
Ce malaise inconnu qui me trouble et m'oppresse
Quand l'oiseau voyageur s'élance à l'horizon,
Chassé par les rigueurs de l'ingrate saison,
Il est impatient de déployer son aile
Vers les cieux enchantés où son instinct l'appelle,

Quand l'arabe, fuyant des terrains appauvris,
Cherche pour ses troupeaux des cantons plus fleuris,
Il quitte sans souci le lieu de sa naissance
Et joyeux s'abandonne à la douce espérance.
Ah ! c'est que l'hirondelle et l'enfant des déserts,
Qu'ils franchissent les monts, qu'ils traversent les mers
Ne se séparent pas de la jeune famille
Qui peuplait avec eux la tente ou la charmille.
Moins heureux que l'oiseau, que le pasteur errants,
De la terre et du ciel hôtes indifférents,
Il me faut, loin de moi, laisser tout ce que j'aime,
Tout ce que je bénis, le meilleur de moi-même,
Enfants, petits-enfants, groupe saint et charmant,
Enlaçement du cœur, irrésistible aimant.
Et pourquoi rompre ainsi cette chaine dorée
De l'aïeul à l'enfant par tant de nœuds serrée ?
Pourquoi ! Pour satisfaire un misérable instinct,
Qui, vainement rebelle à l'arrêt du destin,
Dispute les débris d'une inutile vie
Qui me sera bientôt fatalement ravie !

ILLUSION

Ayant dans un wagon fatigué ma journée,
J'allais sur un grabat dormir jusqu'au matin.
Mais, au premier sommeil, mon oreille étonnée
Entend sortir de l'ombre un soupir argentin.
Elle est là... près de moi... déjà sa main légère
A ramené les draps sur son corps souple et doux.
Il n'existe entre nous, pour toute barrière,
Qu'une mince cloison qu'ébranlent nos genoux.
Comment me figurer cette belle dormeuse ?
Ses cheveux sont-ils noirs ? son œil est-il profond ?
Sa gorge est-elle ronde et sa bouche rieuse ?
Quels pensers, quels désirs sont empreints sur son front ?
Ma main s'égare en vain sur le mur insensible
Où repose ce corps mollement étendu ;
Mon œil voudrait percer cet obstacle invincible
Qui cache à son regard le beau fruit défendu.
Hélas ! de ces trésors le pudique mystère
Mon cœur impatient jamais ne le saura.
Car, sans souci de moi, la volage étrangère,
Aux premiers feux du jour, demain disparaîtra.
Mais ce cœur, agité par des rêves féeriques,
Au gré de ses désirs se plaît à la parer ;
Autour d'elle groupant des formes séraphiques,
Il s'en fait une idole afin de l'adorer.

Son vague souvenir en mon âme ravie
Longtemps prolongera ce doux enchantement,
Et cet ange inconnu brillera dans ma vie,
Comme un astre lointain au sein du firmament.
Ainsi l'homme parfois, épris d'une chimère,
De son cœur inquiet naïve fiction,
Goûte confusément ce bonheur éphémère,
Beau jour sans lendemain, qu'on nomme Illusion

LA NIÇOISE

Le Phocéen, issu du pays de l'aurore,
Le fier Romain, le blond Gaulois, le sombre Maure,
Le farouche Teuton, enfant des noirs frimas,
Ont laissé dans ces lieux l'empreinte de leurs pas.
Lorsque par l'alambic des plantes distillées
Aux plus âcres poisons savamment sont mêlées,
Des éléments impurs le principe est détruit
Et du mélange sort un généreux produit.
Ainsi, sous ce beau ciel, la moderne Niçoise,
Chez laquelle le sang de maint peuple se croise,
Offre en son fier maintien et son port radieux
De ces types divers l'accord harmonieux.
Son visage allongé dessine un pur ovale,
Et son teint mat et chaud a des reflets d'opale.
Dans ses frêles contours le buste est peu saillant,
La bouche est sérieuse et le regard brillant,
Mais j'admire surtout sa noire chevelure,
Lorsque, se déroulant plus bas que la ceinture,
Sous des plis onduleux abondamment fournis,
Elle voile des seins par le soleil brunis.

———————

ART ET NATURE

A Nice, en parcourant les collines boisées,
Aux rayons du soleil mollement exposées,
Parmi les oliviers, les cyprès et les fleurs,
J'admire des villas les coûteuses splendeurs,
Ces frontons élégants, ces nombreuses terrasses,
Élevant à l'envi leurs orgueilleuses masses,
Ces gazons parfumés, ces plantureux vergers,
Ces limpides ruisseaux savamment dirigés.
Oui, voilà les produits d'un art correct et riche,
De la simple nature ingénieux pastiche,
Dont les fiers possesseurs jettent l'or à foison.
Mais que j'aime bien mieux la mer étincelante,
Qui, par les libres jeux de la vague indolente,
Sans art et sans effort miroite à l'horizon.

LE PASSÉ

Quand je suis seul, parfois j'aime à m'entretenir
Avec les êtres morts et les choses passées.
Je m'abandonne alors aux rêveuses pensées
Ne pouvant espérer, je veux me souvenir.

Tout m'apparait d'abord confus et vaporeux ;
Comme un œil qui regarde à travers les ténèbres,
Mon esprit voit flotter des images funèbres
Et fait pour les saisir des efforts douloureux.

Perçant l'ombre, un rayon bientôt vient éclairer
La sombre vision ; comme aux feux dé l'aurore,
Tout le lointain passé s'anime et se colore.
Alors je me souviens... et je voudrais pleurer !

ENTRE NICE ET MENTON

J'ai, sur des ailes de feu,
Franchi Saint-Jean et Beaulieu;
J'atteins dans un char rapide
Une terrasse splendide,
D'où mon regard enchanté
Contemple avec volupté
Une mer éblouissante
Dont la vague caressante
Enlace un golfe divin.
Devant moi s'ouvre un jardin
Dont la Flore la plus rare
Et le marbre de Carrare
Font un séjour fastueux.
Dans un palais somptueux
Aux accords de la musique
Se mêle un bruit métallique.
J'entre; autour d'un tapis vert,
De monceaux d'or recouvert,
Je vois un triste assemblage
De tout sexe et de tout âge;
Des dandys au ton blasé,
Des escrocs à l'air rusé,
Des nababs cosmopolites,
Des donzelles émérites,
Qui, mornes, silencieux,
Plissant un front soucieux,

Jettent un œil famélique
Sur le tapis fatidique ;
Vil groupe de désœuvrés,
A tous les hasards livrés,
Dont chaque jour la démence
Risque fortune ou potence ;
Gens hideux qu'on croirait tous
Sortis des maisons de fous.
Quel est ce pays étrange
Qui tient du diable et de l'ange,
Où, sous un ciel enchanté,
Grimace l'humanité ?
Dehors tout est harmonie ;
Au dedans, sombre ironie !
Je crois entendre l'écho
De l'enfer... c'est Monaco

AU PIED DU MONT BORON

Il est, non loin du port, un sentier solitaire,
De la foule bruyante a peu près ignoré,
Entre l'Alpe et la mer étroitement serré
Et bordé de cyprès à l'ombre funéraire

En suivant du sentier les traces sinueuses,
Le promeneur domine un amas de rochers,
Qui, du mont colossal par le temps détachés,
Projettent dans la mer leurs formes montrueuses.

Dans leur élan fatal, les vagues ondoyantes
Livrent à ces rochers de furieux combats,
Et, sous ce rude effort se brisant en éclats,
Dispersent dans les airs leurs gerbes flamboyantes.

La lutte sans répit toujours se renouvelle ;
La vague suit la vague ; et ses chocs répétés,
Des rochers ébranlant les sombres cavités,
Font retentir au loin une plainte éternelle.

Cependant, caressé par le vent qui soupire,
Au lointain horizon le flot tranquille et pur,
Du ciel qui lui sourit réfléchissant l'azur,
Se meut d'un rhythme lent, comme un sein qui respire

Ainsi, honte et folie ! On a vu, d'âge en âge,
D'âpres rivalités, de folles passions,
L'un contre l'autre armant hommes et nations,
De ce globe maudit faire un champ de carnage,

Tandis que, dégagé du présent qui l'obsède,
Le Penseur, par delà le Temps qui doit finir,
Contemple en souriant l'insondable Avenir,
Des misères du jour infaillible remède.

LA JOURNÉE DE NICETTE

I.

Quand Nicette ouvre sa croisée,
Le soleil brille à l'horizon ;
L'oiseau gazouille, et la rosée
Miroite sur le frais gazon.
Le vieil astre et la jeune fille
Semblent s'embellir tous les deux ;
Fût-elle jamais plus gentille !
Fût-il jamais plus radieux !
Les clairs rayons de la lumière
Ondulent sur ses noirs cheveux,
Et du vent l'haleine légère
Fait frissonner son cou nerveux.
Par l'astre Nicette éblouie
Baisse les yeux vers le sentier
Et voit la face épanouie
De Jean qu'abrite un caroubier.
La belle aussitôt se rejette
En arrière d'un air songeur
Et dans le fond de sa chambrette
Cache son trouble et sa rougeur.
Discrètement Jean se retire,
D'un pas léger, sans s'émouvoir.
Aurait-il surpris un sourire
Qui lui donnerait de l'espoir ?

II.

A midi le soleil enveloppe la plaine
De ses feux dévorants. Du sirocco l'haleine
Répand sur la nature une morne langueur,
Et tout ce qui respire a perdu sa vigueur.
Contre un ciel implacable, aux champs comme à la ville,
Ouvrier, laboureur, chacun cherche un asile.
Nicette, qui brodait, succombant à son tour,
Protége son réduit contre l'ardeur du jour
En fermant ses volets ; la belle nonchalante
Évente avec effort sa gorge ruisselante.
Mais la chaleur redouble, et bientôt délacé
Le corset à ses pieds a lestement glissé ;
D'un geste impatient au loin elle rejette
Pèle-mèle fichu, jupon et colerette.
Elle est charmante ainsi, ses jolis bras sont nus,
Et sa jambe fluette, et ses mollets charnus,
Et son sein arrondi ; la flottante chemise
Seule suit les contours de la hanche bien prise.
Mais Nicette se plaint. Est-ce encore la chaleur,
Est-ce un mal inconnu qui cause sa langueur ?
Sa tête lourdement sur le coude se pose,
Un soupir a plissé sa lèvre demi-close,
Parfois elle se dresse, et son vague regard
Sur les murs assombris se promène au hasard.
Elle semble rêver : peut-être au rayon fauve
Qui sautille en dorant les rideaux de l'alcôve ;
Peut-être à sa toilette, ou peut-être au grand bal
Où naguère elle obtint un succès sans égal ;
Peut-être au conte bleu qu'hier à la veillée
Un voisin racontait sous la verte feuillée :
Peut-être à son oiseau qui gazouille si bien
Peut-être à Jean, peut-être à rien !...

III.

Dans une vapeur irisée
Le soleil plonge à l'horizon
Une bienfaisante rosée
Calme l'ardeur de la saison.
La foule qui se sent revivre
Se répand par monts et par vaux,
Aspirant l'air frais qui l'enivre
Et la senteur des foins nouveaux.
A travers les tièdes campagnes,
Filles, garçons, sont en émoi.
Mais Nicette de ces compagnes
S'éloigne sans savoir pourquoi.
Le long du ruisseau qui babille
Elle remonte le sentier,
Regardant l'étoile qui brille
Dans les branches du peuplier.
Elle, autrefois vive et joyeuse,
Éprouve un étrange frisson ;
Elle est pensive, elle est rêveuse,
Et ne chante plus sa chanson.
Jean, qui la guettait à distance,
Sur sa trace glisse en secret ;
Comme elle il s'arrête et s'avance,
Réglant ses pas, humble et discret
Le jour baisse ; la solitude
Environne les promeneurs ;
Une croissante inquiétude
Fait sourdement battre leurs cœurs.
Dans un repli de la colline,
Jean s'approche et parle tout bas
Nicette écoute et fait un signe ;
Jean se retire à petits pas.

IV.

La lune luit ;
Dans la chambrette
Entre Nicette,
Seule et sans bruit.
Elle dépose
Mante et chapeau,
Et se repose
Sur l'escabeau.
Elle caresse
D'un doigt nerveux
La longue tresse
De ses cheveux ;
De sa ceinture
Ote un bouquet,
Un nœud coquet
De sa coiffure.
Mais tout à coup
Elle est debout.
Une voix tendre
Se fait entendre
Sur le palier
De l'escalier.
Dans la chambrette,
Près de Nicette,
Jean s'introduit ;
Il est minuit !

LES NABABS

Je les plains, ces Nababs que le soleil attire
Aux bords où le ciel bleu dans les flots bleus se mire,
Pour préserver du froid leur robuste santé,
En dépensant leur or et leur oisiveté.
Dans ce golfe, il est vrai, la vague étincelante
Enlace avec amour une plage opulente.
Sur le flanc des rochers, dans le creux des vallons,
De splendides villas dressent leurs pavillons.
La nature à l'entour prodigue ses richesses,
Roses aux doux parfums, vents aux molles caresses,
Feuillage toujours vert des pins et des lauriers,
Orangers odorants, robustes oliviers,
Où les riants festons des doux pampres s'appuient....
Qu'importent ces beautés aux Nababs ? Ils s'ennuient !

RAUBA CAPEU

Il est à Nice un promontoire
Qu'on appelle Rauba Capeu.
Suivant le provençal grimoire,
Ce nom veut dire que bien peu,

Lorsque le mistral trouble-fète
Fait rage sur la terre et l'eau,
Affrontent ici la tempète
Sans y laisser toque ou chapeau

Parmi les passes de la vie,
Il est bien des Rauba Capeu,
Où la male chance et l'envie
Font perdre à plus d'un son enjeu.

D'un naïf amant la tendresse
Espère un éternel amour ;
Un beau jour sa folle maîtresse,
Rauba Capeu ! fuit sans retour.

Un autre, par le mariage,
Obtient, après un beau sermon,
Une ingénue au doux visage,
Rauba Capeu ! c'est un démon.

Un candidat, fin politique,
Flatte réacs et novateurs ;
Mais en dépit de sa tactique,
Rauba Capeu ! plus d'électeurs.

Un fort banquier prète au khédive
Ses écus à gros intérèts ;
Mais l'Egypte est à la dérive,
Rauba Capeu ! Gare aux protèts !

Ainsi passe la vie entière
Entre l'espoir et le regret,
Richesse, honneurs, douce chimère,
Au moindre vent tout disparait.

LES DEUX MAITRESSES

Tous deux avaient vingt ans, étaient amis d'enfance,
Et d'un cœur débordant, se faisaient confidence,
Au coin du feu, le soir, des succès amoureux
Que le sage condamne et qui font les heureux.
Nos deux héros, malgré leur union sincère,
De visage et d'humeur ne se ressemblaient guère.
L'un d'eux, hercule, au fier et robuste contour,
Promettait maint exploit aux Omphale du jour;
L'autre avait le teint pàle et l'œil mélancolique
Qu'on admirait si fort au beau temps romantique.
Mais tous deux, altérés de la soif des plaisirs,
Sentaient mêmes ardeurs, sentaient mêmes désirs.
A cet âge naïf, une bonne fortune,
A Paris comme ailleurs n'est pas chose commune.
Les dames de haut lieu veulent des gens d'esprit;
Ce n'est pas à vingt ans que ce fruit là mùrit.
Ces pauvres débutants ont pour eux les fleuristes,
Les reines de Mabille ou bien les caméristes.
Comme, dans leurs loisirs, nos amis avaient lu
Les drames de Dumas, ils avaient résolu
De savoir si vraiment chez les grandes impures
Les soupirs sont des cris, les baisers des morsures.
Ils savouraient surtout de Sand et de Rousseau
Les immortels romans; et leur brûlant cerveau
Évoquait ces grands noms : Indiana! Julie!
Extase séraphique, amoureuse folie,
Ils voulaient tout goûter. Cet âge est curieux
Et ne doute de rien. Nos deux audacieux

Délaissant de Bullier les fades amourettes
Et dans le goût du jour ajustant leurs toilettes,
Se mirent à hanter les élégants salons,
Pour chercher aventure au son des violons.
Parfois une beauté, que le spleen a saisie,
Veut se distraire; alors il lui prend fantaisie
De cueillir en sa fleur un blondin qui se pâme
Et jure à deux genoux une éternelle flamme.
    Cela change et vaut bien ces gandins de trente ans
Qui font un madrigal en caressant leurs gants.
Je ne sais si ce fut un semblable caprice
Qui de nos deux heros abregea le supplice.
Mais, vers le même temps, par un heureux hazard,
Chacun d'eux vit sur lui s'abaisser le regard
Tendre et compatissant d'une femme du monde.
Qu'était chacune de ces beautés? Brune ou blonde?
Ses cheveux étaient-ils onduleux ou tressés?
Le cou mince ou charnu? les yeux clairs ou foncés?
A vingt ans on n'a pas le don de l'analyse.
Quand l'orgueil est flatté, tout est de bonne prise;
Et puisque nos héros se montraient radieux,
Croyons que dans leur choix tout était pour le mieux.

— Ami, s'écria l'un, j'ai fait une conquète.

— Et moi, dit le second, j'aime une femme honnète.

Femme honnète! s'entend quand une déité
Donne, mais ne vend pas, son hospitalite.
Alors de doux aveux il se fait un échange.

— Adorable! dit l'un. — L autre répond : Quel ange
— C'est une grande dame; elle a blason, laquais;
Dans le plus beau quartier elle habite un palais

— La mienne a tout cela, répond l'autre, et je gage
Que la tienne n'a pas un si riche équipage.

— Je suis reçu, dit l'un, dans un charmant boudoir.
— Dans un boudoir aussi je suis fèté le soir.

— Quel doux épanchement! quel feu! qu'elle tendresse!
— J'éprouve dans ses bras une ineffable ivresse!
— Qu'elle est charmante, quand mon regard frémissant
Rencontre son regard humide et caressant!
— Quel attrait, quand penché sur son sein qui soupire,
Je vois sous mes baisers éclore un doux sourire!
— Je suis sûr qu'elle n'aime et n'aimera que moi;
Elle me l'a juré! — Moi j'ai reçu sa foi;
Toujours, a-t-elle dit, je te serai fidèle,
Et j'en crois ses serments; car comment douter d'elle!
En devisant ainsi, nos deux victorieux
Avaient quitté la terre et planaient dans les cieux.
Age heureux où le cœur, enivré d'espérance,
Sur l'aîle du désir vers l'inconnu s'élance,
Et, s'ouvrant à l'amour, confiant et charmé,
De ses propres trésors pare l'objet aimé!
Un unique regret troublait leur double ivresse;
C'était de ne pouvoir se montrer leur maîtresse.
— Qu'il serait doux d'unir celles dont les faveurs
D'un mutuel élan ont fait battre nos cœurs
Mais je n'y puis songer; elle mourrait de honte.
— Et que dirait la mienne à s'effrayer si prompte!
Avec quel soin je dois ménager sa pudeur!
Que pour jamais, ami, leur nom soit un mystère
Enfermé dans nos cœurs comme en un sanctuaire!
Et pourtant chacun d'eux en discours si discret,
Était impatient de livrer son secret.
Le hasard les servit. Un jour, en promenade,
Chacun au même instant pousse son camarade
Du coude, et lui fait voir, du doigt, discrètement,
Une femme qui passe en un coupé charmant.
L'un dit à demi-voix : — Voilà celle que j'aime.
—Quoi! cette dame...—Eh! oui,—Grand Dieu!...C'était la
[même.]

2.

BOUTADE

Sous une vaine apparence
Qu'est la pauvre humanité !
Une mascarade immense
Où tout n'est que fausseté.
Les visages disparaissent
Sous des masques fort adroits ;
Mais toujours se reconnaissent,
Découverts par maints endroits.

Ce sont mille traits risibles ;
Là des masques de héros ;
Ici des incorruptibles ;
Des grimaces de dévots.
Des fanfarons de tous âges,
Des érudits ignorants,
Des fous habillés en sages,
Des poltrons en conquérants.

Ce vieillard attrabilaire
Qui ne voit que débauchés,
Cette triste douairière
Qui pleure sur nos péchés ;
Ces détracteurs implacables
Des faiblesses..... qu'ils n'ont plus ,
Ces censeurs impitoyables,
Autant de masques connus.

Ce masque daigne sourire
Quand la fortune vous luit,
Et plus tard pleure et soupire
Si l'inconstante vous fuit,
Mais efforcez-vous de lire
Au visage, et vous verrez
Qu'il pleure en vous voyant rire
Et qu'il rit quand vous pleurez.

Admirez cette envieuse
Qui parle d'un ton bénin,
Et d'une voix gracieuse
Distille son noir venin,
Sous son masque, la mégère
Cache sa jalouse humeur,
Et, désespérant de plaire,
A nuire met son bonheur.

Une autre d'un air risible
Jure de n'aimer jamais ;
Son cœur est inaccessible !
Beau masque, je te connais.
Si demain quelque volage
A tes pieds se déclarait,
A travers ton faux visage
Le désir apparaîtrait.

Cet homme grave méprise
Et fortune et dignité.
Il est pur de convoitise ;
Tout est pour lui vanité.
Doucement de son visage
Écartez les faux apprêts,
Et voyez de ce grand sage
Les désirs et les regrets.

Souvent par un art étrange
Des visages odieux
Ont des masques de rechange
Suivant les temps et les lieux ;
Tour à tour Caton sévères,
Ou débauchés fanfarons,
Prenant tous les caractères
Sous des traits caméléons

Sous le titre d'honnête homme
Que de coquins abrités !
Que de drôles qu'on renomme
Pour des masques bien portés !
O Vérité qu'on outrage,
Démasque ces effrontés,
Et découvrant le visage,
Dis-leur : Faquins, vous mentez

SUR LA PLAGE

J'ai rencontré sur la plage
Un tendron à demi nu ;
Elle a quitté son corsage
Et découvre un cou charnu.
Car c'est une blanchisseuse
Qui sèche des draps mouillés,
Une rude travailleuse
Avec les seins débraillés.
Son épaisse chevelure
Que retient mal le chignon
Glisse jusqu'à la ceinture
Tout le long d'un dos mignon.
Sa jambe ronde et mutine
Montre de riches mollets,
Et du pied la jambe fixe
Foule sans peur les galets,
Quand, pour atteindre la corde,
En l'air elle étend les mains,
Comme le lait qui déborde,
On voit se gonfler les seins.
Quand, se penchant vers la grève,
Elle ramasse les draps,
Le torse qui se soulève
Montre aussi de fiers appas.
C'est certe une belle fille
Avec l'œil brillant et noir,
Qui, comme un poisson, frétille
Et qui rit matin et soir.

Sur la vague miroitante
Le blond Phœbus s'abaissait,
Et la lune impatiente
Au coin du ciel paraissait.
Un artiste de rencontre
Vantait le soleil couchant.
Moi je dis : Ce qu'Elle montre
Est, ma foi ! bien plus touchant.
Il faut croire que ma bouche
Ne parlait pas assez bas,
Car soudain la fine mouche
Se met à rire aux éclats,
Ce rire franc et sonore
Laisse voir ses blanches dents
Et la rend plus belle encore.....
Qu'il est bon d'avoir vingt ans !

RÉCOMPENSE HONNÊTE

Pour le chien perdu d'un chasseur,
Pour le manchon d'une comtesse,
Pour le carnet d'un voyageur,
Pour le griffon d'une drôlesse,

Pour un perroquet babillard,
On se met bien vite en dépense,
Et l'on promet par un placard
Jusqu'à cent francs de récompense.

Mais à qui me rapporterait
Les jours lointains de ma jeunesse
Dont le souvenir indiscret
Fait parfois rougir ma sagesse ;

Ces rendez-vous mystérieux
Qu'irritait une longue attente,
Où le front pâle et soucieux,
Se glissait une tendre amante ;

Ces haltes au bord du ruisseau,
Les yeux fixés sur sa fenêtre,
La tête en feu, les pieds dans l'eau,
Pour voir son image apparaitre ;

Ces billets, messagers furtifs,
Où s'épanchait toute son âme ;
Ces serments, ces baisers lascifs
Cueillis sur des lèvres de flamme ;

Ces bals où les bijoux, les fleurs,
Mêlaient leurs couleurs éclatantes,
Où le bras fiévreux des valseurs
Pressait des tailles palpitantes ;

Ces soupers où se démasquaient
Du soir les folles aventures,
Où sous nos étreintes craquaient
Les corsages et les coiffures ;

Ces nuits où mes brûlants désirs
Sur les seins nus d'une bacchante
Puisaient pour de nouveaux plaisirs
Une ardeur toujours renaissante ;

De ces transports âcres et doux
Rien qu'un souffle, qu'une apparence...
Je donnerais à deux genoux
Cent mille francs de récompense.

A SAINTE RÉPARATE

J'entrais en curieux à Sainte-Réparate ;
Du beau pays Niçois c'est l'église primate,
Un fort vieux monument du style italien,
Tout clinquant d'oripaux comme un temple païen.
On célébrait au chœur un pompeux mariage ;
Les cierges flamboyaient ; l'orgue faisait tapage.
Le maître-autel était resplendissant de fleurs,
Et l'encens dégageait ses moussades vapeurs.
L'époux est un beau brun, à la forte carrure,
Mais déjà fatigué. Sa rare chevelure
Et des rides sous l'œil révèlent un viveur
Qui des âcres plaisirs a goûté la saveur.
Il paraît ennuyé de la cérémonie
Et sa lèvre parfois exprime l'ironie.

L'épouse est près de lui ployée à deux genoux,
Dérobant sous le voile un front suave et doux.
Le sacrifice est prêt, la victime est ornée,
Plus pâle que les fleurs dont on l'a couronnée.
Aux flambeaux de l'hymen dont l'éclat l'éblouit,
Vierge aux tendres désirs, à la pudique flamme,
Naïve et confiante, elle porte en son âme
Le beau rêve d'amour, espoir chaste et profond,
Perle qui dans le sein de l'abîme sans fond,
Sous les plis du rocher dérobant sa parure,
Loin des profanes yeux repose blanche et pure,
Jusqu'au jour où la main avide du plongeur
Livre aux rayons du ciel sa modeste splendeur.

Souvent elle a dû voir, dans ses nuits solitaires,
Sur sa couche flotter de riantes chimères,
Du foyer conjugal les longs enchantements,
De deux cœurs bien épris les doux épanchements.
Demain que deviendra cette chaste espérance !
Ici tant de désirs, là tant d'indifférence !
D'un côté le regard fixé sur l'avenir,
De l'autre du passé l'importun souvenir.
Ce mari, qui longtemps dépensa dans l'orgie
De la jeunesse en rût la fougueuse énergie,
Sera bien vite las de trop chastes soupirs
Et cherchera dehors de plus âcres plaisirs ;
Ou, simplement épris du soin de sa fortune,
Paiera de son dédain une ardeur importune....
La pauvre délaissée, un jour séchant ses pleurs,
En Fille d'Eve, ira se consoler ailleurs.

ÉPITRE DU PREMIER JOUR DE L'AN

Mes chers petis-fils,
Si doux, si gentils,
A l'instant m'arrive
La bonne missive,

De vos sentiments
Tendre témoignage,
De vos cœurs aimants
Gracieux langage

Pour ce pauvre aïeul,
Qui vit triste et seul,
En terre lointaine,
Quelle heureuse aubaine!

Son cœur a bondi,
Tout ragaillardi
Par cette lecture
Sans vaine parure.

Aimable enjouement,
Abandon charmant,
Douce causerie
De grâce pétrie'

3.

C'est à votre cœur
Qu'en revient l'honneur;
Car lui seul dispense
La vraie éloquence.

Du mien en retour
Le simple langage
Vous porte le gage
De mon tendre amour,

Conservez, pour plaire
A votre grand-père,
Travail et santé,
Sagesse et gaîté.

Par votre mérite,
Sans autre secours,
Obtenez toujours
Pleine réussite.

Aux jours de danger,
Puissent les tempêtes
Ne pas affliger
Vos aimables têtes.

Sur tous mes enfants,
Sur eux seuls au monde,
De mes derniers ans
Tout l'espoir se fonde.

Pour moi le bonheur
Ce sera le vôtre;
Désormais mon cœur
N'en connaît pas d'autre.

J'ai le souvenir
Avec sa souffrance ;
A vous l'avenir,
En vous l'espérance.

Un ciel radieux
Pour vous s'illumine ;
Mon front soucieux
Tristement s'incline.

Le printemps vous rit,
Mon hiver est sombre ;
Mes jours sont dans l'ombre,
Pour vous tout fleurit.

Mais de votre aurore
S'éclaire ma nuit ;
Ma vie incolore
Grâce à vous reluit.

Lorsque d'un vieux chêne
Le tronc décharné
Languissamment traîne
Par les ans miné,

Autour de lui naissent
De puissants bourgeons
Dont les rejetons
Vers le ciel se dressent.

Ainsi, mes enfants,
Quand le temps me chasse,
Occupez ma place,
Gais et triomphants.

B..

La sève nouvelle
En vous jaillira
Et se répandra
Plus forte et plus belle.

Avant de finir,
O bonheur suprême,
Je croirai moi-même
En vous rajeunir.

LA BOUILLABAISSE

Tron de diou! La bouillabaisse
Est un mets vraiment royal.
Il n'en est pas qui mieux plaise
Au fin palais provençal.
Dans un bain d'huile on fricasse
Des bigourneaux, du merlan,
Des crabes, de la rascasse,
Avec l'ail et le safran.
Tron de diou! sur cette terre
Est-il un meilleur festin?
Les fils de la Cannébière
En mangent soir et matin.....
Mais moi, sur les bords de l'Oise,
J'aime, quand vient le printemps
La matelotte bourgeoise,
Sans rascasses ni piments.

LES RABOUGRIS

Dieu fait bien ce qu'il fait! La puissante Nature,
Dans ses libres élans, sans effort ni culture,
Assortit les produits aux différents climats,
Du brillant Equateur aux Polaires frimats.
Sous les neiges du nord, des plantes délicates
Abritent humblement leurs faibles aromates,
Tandis que dans les airs, le sapin boréal
Dresse autour des fiords son tronc pyramidal.
Aux pays tempérés que la Seine cotoie,
Dominant les forêts, le chêne se déploie.
Sous le ciel Provençal, le myrthe et le laurier
Mèlent leurs rouges fleurs au fruit de l'olivier,
Dans un climat plus chaud, au midi des Espagnes,
L'oranger de Grenade enrichit les campagnes,
Au pied du grand Atlas, le palmier toujours vert
De ses dattes nourrit l'Arabe en son désert.
Enfin s'étale au loin, sous le brillant tropique,
Du géant bananier la feuille fantastique.
J'admire et je bénis cet ordre souverain,
De la création ineffable dessein,
Qui, sauvant l'univers de la monotonie,
De la variété fait sortir l'harmonie.
Comment l'homme ose-t-il, pygmée audacieux
Déranger de ce plan l'accord harmonieux,
Et, cédant aux ardeurs de son âme inquiète,
Porter sur ce grand tout une main indiscrète?

Dédaignant de son sol les produits variés,
Paris dans ses jardins veut cactus et lauriers.
Nice pare ses quais de palmiers éphémères
Dont les fruits resteront à l'état de chimères,
Et montre à ses nababs de chétifs orangers
Qui grelottent de froid au milieu des vergers.
Alger cultive en vain la datte, la banane,
La gousse du coton et la fibreuse canne.
Mortels, abandonnez un effort incongru,
Et, si vous m'en croyez, soignez le plan du crû.
Troublée en son labeur, la Nature rebelle
Se rit de vos efforts et vous n'obtenez d'elle
Que des bois tortueux, des roses sans odeur,
Des fruits dégénérés qui n'ont suc ni saveur.
En tous points ce travers est un mal endémique.
On aime l'inconnu, l'étrange, l'exotique,
Par ce sot préjugé tout se trouve amoindri
Et pour n'être pas soi, l'on se fait rabougr .

LE RETOUR

L'hiver s'enfuit,
 Le soleil luit;
Par la gelée
Amoncelée
Aux flancs du mont
La neige fond,
Au loin s'écoule
Et se déroule
En longs torrents,
Des tièdes vents
La douce haleine
Rend à la plaine
Tout son attrait.
Dans la forêt,
Sous la feuillée
Ensoleillée,
Tout refleurit,
Tout chante et rit :
La fraîche mousse,
La jeune pousse,
Du baliveau,
La fine gaîne
Du blanc bouleau,
Du long troëne
Les filaments,
Les râlements

Des tourterelles
Aux blanches ailes,
De l'églantier,
De l'amandier
La fleur naissante,
Neige odorante;
Sur les étangs
Les rondes folles
Des lucioles,
Jouets des vents.
L'humble grillon
Dans le sillon,
Dont la verdure,
Douce parure
Lui sert d'abri,
Pousse son cri.
La jeune abeille
Au corset d'or
Soudain s'éveille
Et prend l'essor.
Sur une rose
Elle repose
Son aiguillon.
Le papillon
Gaiement butine
Sur l'aubépine.
Le rossignol
Au léger vol
Lance ses trilles
Sous les charmilles;
Et le roseau
Dresse sur l'eau
Sa fine lance
Qui se balance
Au gré du vent.

Heureux instants!
Je sens renaître
Partout mon être
Nouvelle ardeur;
Et la vapeur
Demain m'entraîne
Près de la Seine.
C'est le retour;
C'est le beau jour.

PARIS. — IMPRIMERIE L. HUGONIS ET C°, 6, RUE MARTEL.